烏龍院 精彩大長篇

15

漫畫
敖幼祥

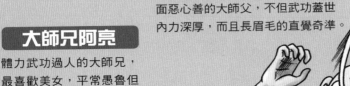

人物介紹

烏龍院師徒

長眉大師父

面惡心善的大師父，不但武功蓋世
內力深厚，而且長眉毛的直覺奇準。

大師兄阿亮

體力武功過人的大師兄，
最喜歡美女，平常愚魯但
緊急時刻特別靈光。

烏龍小師弟

鬼靈精怪的小師弟，很受
女孩子喜愛。曾為延續活
寶生命讓「右」附身，成
了內陰外陽。

大頭二師父

菩薩臉孔的大頭胖師父，
笑口常開，足智多謀。

活寶「右」「左」

活寶「右」為長生不老之陰陽同株的「陰」，活寶「左」為陰陽同株中的「陽」。「右」和「左」歷經劫難，以為就要共同重返斷雲山，卻又再度被藥王府的老沙克擒獲，現分別附身在貓奴和沙克‧陽身上。

沙克‧季

又稱季三伯，為煉丹師沙克家族總堂，藥王府的藥物專家，精通各種藥物以及解毒方式，因治療了曾進入秦王陵墓而身中劇毒的竊者，而獲得秦王陵墓路線圖，並且因為「提靈煉精」的過程出錯，意外成為活寶靈力的附身者。

沙克‧陽

煉丹師沙克家族的唯一繼承人，因為強大的野心，甘心讓活寶「左」附身，以獲取更大的力量，卻不料反被「左」所控制，成為傀儡。被老沙克以菌月粉控制後，正等待著「提靈煉精」的作業，以和活寶「左」順利分割。

老沙克

人稱沙克老爺，是沙克‧陽和沙克‧季的父親，但因為沙克‧季年輕時曾遭逢意外導致下半身癱瘓，所以格外偏愛沙克‧陽，正計劃以傳說中的「提靈煉精術」，讓沙克‧陽和活寶「左」可以毫髮無傷地分割。

貓奴

曾為青林溫泉龐貴人的傳令，身手靈活武功高強，視活寶「左」為仇人，一心想為被其殺害的龐貴人報仇，所以找上了正被「左」附身的沙克‧陽，卻不小心愛上了沙克‧陽，還因緣際會被活寶「右」所附身。

馬臉

被沙克‧陽殺害的胡阿露的手下，因為無法再侍奉沙克‧陽，轉而投靠沙克‧季，與其一同密謀復仇。自稱為武林萬事通。

無塵

沙克‧陽的左護法，寡言而喜怒不形於色，對沙克‧陽極盡忠誠。

有儆

沙克‧陽的右護法，善於清算功過、掌控金錢，武功高強而手段兇殘。

辣婆婆

烤骨沙漠中「一點綠」客棧的老闆娘，手中持有唯一能奪取活寶性命的武器「天斧」的頭部部分，因而與「活寶爭奪戰」扯上關係。

貓姥姥

「貓空」的祭師，對活寶的身世瞭若指掌，領導一群包括貓奴在內的徒弟，在貓奴小時候將她送去服侍龐貴人，對貓奴寵愛有加。

八斤

貓奴身邊的貓，深具靈性，因為時時跟隨著貓奴，所以知道她最後的遭遇，並返回貓空尋求支援，唯一的缺點是毫無方向感可言。

藥王府三大總管

分別為文庫總管司馬字、財庫總管王慶永和藥庫總管丁思照，握有進入三大庫房的鑰匙，平時受令於沙克老爺。

目錄

第 110 話

竄者送來驚悚大禮物

柳條蛇腰的馬臉嚇到鼻孔幾乎頓塞

無塵送大少爺回去。

我不回住處,直接到藥研所。

不必了!

半個時辰之後就將前往太乙凌虛洞。

你不用跟著我!

哼！

可惡…

我這樣算哪門子大少爺？

唷！瞧瞧你臉色都發青了耶！

是不是剛才你父親說了什麼話，打擊到你的自尊心了！

走開！不關妳的事！

怎麼會不關我的事呢？沙克‧季。

可憐的你就像一隻麻痺的籠中鳥。

妳這話是什麼意思？

可憐的籠中鳥兒呀！

想要飛也飛不高了呀！

我馬妞雖然長得很抱歉。

但最起碼還是個女人家。

但是妳呢？

妳！

但是可惜呀！

因為你下半身癱瘓，已經不能再生育了。我說的對不對呢？

……

如果可能的話，

我還願意幫你生幾個胖娃娃。

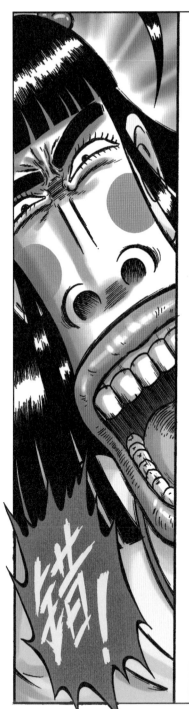

哦！是那個竄者的妹妹。

請問妳是…

神醫恩人，我是梁五妹。

啊！妳哥哥現在如何了？

您醫術高明，他已經能下床行走，但就是皮膚怕見光。

所以特別囑咐我來找您。

嗯？

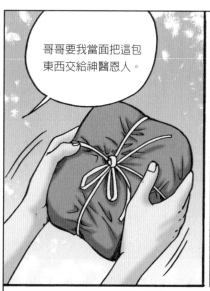

哥哥要我當面把這包東西交給神醫恩人。

唷！

一定是謝禮吧！我代表他收下啦！

好的。那麼我就先告辭了。

多謝囉！有禮物就盡量送來喔！

嘻嘻，我最喜歡拆禮物了。

別忘了分我一半喔！我可是介紹人，要抽佣金的。

噢呵！裡面還包了一層！

包得這麼紮實！肯定很值錢！

嗅 嗅

好神祕的味道，

難道是臘肉或是燻雞？

這些看起來像是用過的繃帶！

沒錯！這上面的膿瘡味道，確實來自該名竊者！

哇！竟然又用聞的！你不怕臭嗎？

不會臭，妳聞聞看！

THROW!

嗚哇哇！

你一點都不懂得憐香惜玉…

妳看！這些繃帶是被齊頭剪斷的……

而且每條繃帶上面都標示著奇怪的記號！

好噁心！

看你個大頭鬼！

暗藏玄機的臭繃帶？

為了破解符號，本姑娘只有犧牲小我了。

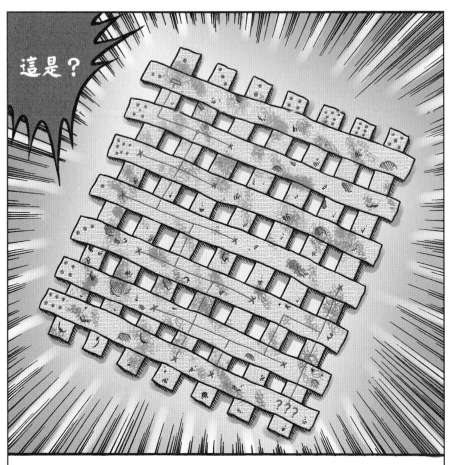

這是？

???

錯綜複雜蜿蜒曲折，
很像個坑道⋯⋯

這會不會就是「秦始
皇陵墓路線圖」！

用噁心繃帶做為路線圖真夠酷！

竊者沒有矇你！他真的把路線圖交出來了！

可是我仍然有看沒有懂吶！

這些橫線直線是幹嘛用的？

這些××又代表什麼？

假設這是進入墓穴的坑道。

這些線條應該代表著前進時的路線。

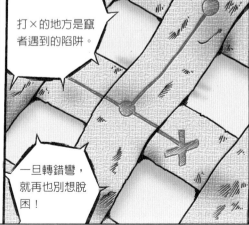

打×的地方是竊者遇到的陷阱。

一旦轉錯彎，就再也別想脫困！

哇塞！有這麼多「××」！

可見秦王墓裡危機四伏…

咦？最後為何是三個問號？沒有結局嗎？

他們進去了兩個人，只有他一個活著逃出來，或許連他也不知道前面是什麼……

也可能這個竊者還保留了什麼，害怕說出來之後會被滅口！

喂！好不容易排好的，你要拿去哪裡？

燒掉。

燒……燒掉？你瘋啦？才剛得到的……

没有路線圖怎麼去找秦王墓？

我有過目不忘的記憶，每個細節都記在大腦裡了。

超厲害！我從小背書沒一次記得的……

到時候有好處，帥哥哥可別一腳把妹妹踢開哦！

妳先別急著巴結我，一切都還言之過早。

如果提靈煉精不能成功，一切都是白費……

第 111 話

傳說中的提靈煉精術

各方人馬齊聚神祕的太乙凌虛洞

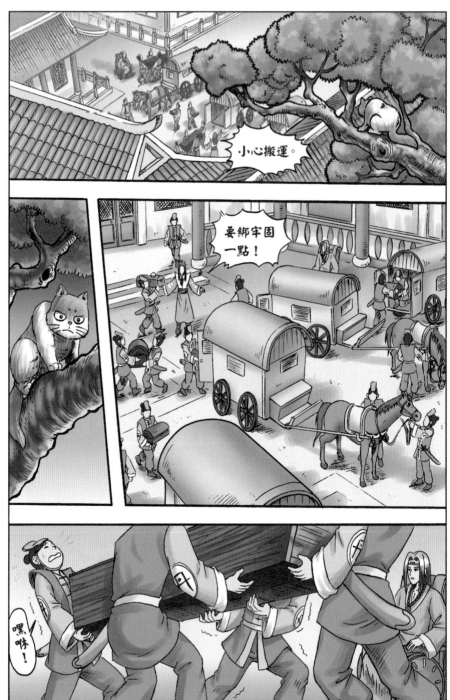

老爺交待的皆已備妥,隨時可以出發。

父親開列的藥材,我也都準備妥當了。

小少爺在哪一輛車上?

第二輛。

你去坐別輛車,我要和陽兒獨處。

是,父親大人。

你要去哪裡?

啊!我想去車上照顧弟弟。

哇！藥王府出了啥事啊？這麼大的陣仗。

馬車上押的是什麼重要的貨？

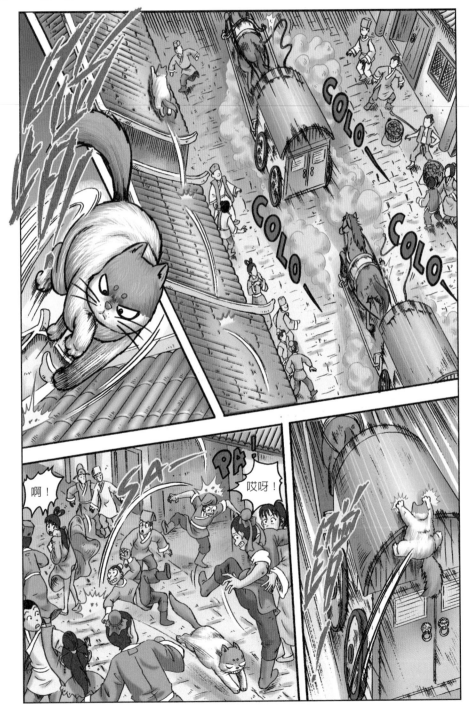

是呀！

他那麼急，是發生了什麼大事嗎？

我哪知道！

猜不出來。

會不會是向咱們索討借貸的利息呀？

太扯了吧！這些年他賺得還不夠嗎？

官道上的藥材全被藥王府壟斷，生意難做呀！

可不是嘛！高檔貨的價錢也都是他在控制。

大家都是煉丹師的同門兄弟，他也不懂得照顧一下……

啊！這…

原來是這樣…

咳！

咳！

所以想借助各位的力量，幫我沙克家族一個忙。

提靈煉精

提靈煉精

那只是祖傳的一種說法！

沒有任何人做過呀！

風險太大了！

對呀！萬一出意外怎麼辦？

一切後果由我承擔，你們不會有損失的！

若是同意幫我這次…

就把官道的藥材販賣權無條件讓給你們！

哇啊！這麼大方！

如何？
同意嗎？

那是價值好幾億的生意哪！

如果他真的讓出來，咱們可就發財啦！

對呀！

當然沒問題。

既然師兄都開金口，不幫就不夠兄弟了！

就是嘛！取出活寶也是咱們煉丹師的天職呀！

咳咳！

說得對！

好！

立刻前往太乙凌虛洞！

老沙克什麼時候挖了這坑洞？

那老小子…

快把東西抬進煉丹房！

得令！

由我掌握煉精之力，你們同步發動加持。無塵、有儉，擔任左右護法！

得令！

DA！

護法開始！
閉關封符！

為什麼還要
關門護法？

你未免搞得太
嚴肅了吧！

喂！啥意思！
怕我們跑掉？

各位別多心！這些
封符是當年秦朝煉
丹師的法器，咱們
是防止活寶逃走。

可以開始了！

父親，時
辰已到。

好！

提靈煉精
八卦矩陣
……

無限可分

兩極不變

坤　艮　坎　巽

是活寶的靈體！

好！

大家繼續發功！

鐵桶坡

堡主！快來
看看天空！

那是什麼
呀？

天有異相！
必降大禍！

點綠

婆婆！天空
怪怪的！

出事了…

婆婆…

奇怪！右眉一直跳！心裡忐忑不安…

大師父！北方天空射出像北極光的東西！

北方！

那邊！

哇嗚！

會不會是外星人出現了！

是從我們回來的方向發出來的光！

活寶…

總座，
你看！！

嗯？

已經練到九成
了，琥珀由紅
轉白就大功告
成了！

第 112 話

猛虎護子心急出狠招

老沙克不捨沙克·陽，凌虛洞提靈煉精

哇！洞頂崩啦！

救命啊！

跑呀！

砸死人啦！

好恐怖！

那個琥珀失去控制了！

快撤呀！

求求你們！

不能破陣呀！

你這個殘廢別拉著我！

PA!

琥珀轉成綠光了！

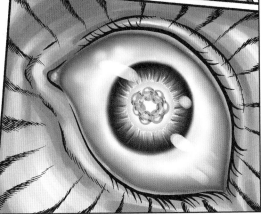

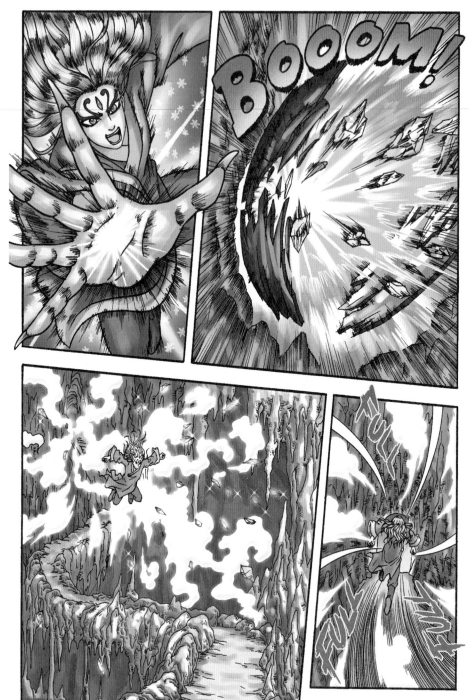

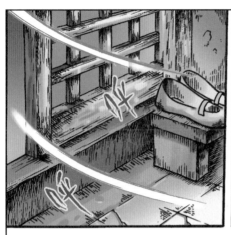

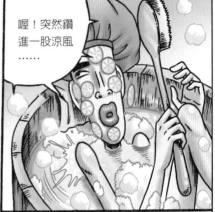

喔！突然鑽進一股涼風……

嘖！莫非是有人想從門縫裡偷窺本美女「貴妃出浴」！

來呀！快別枉噴鼻血，衝進來吧！

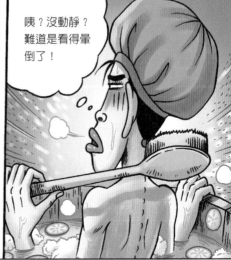

咦？沒動靜？難道是看得暈倒了！

咦？沒人影！

好傢伙！溜到季三伯的藥研室去了！

哼！

三更半夜潛入，肯定居心不良！

翻箱倒櫃的在做什麼？

原來是個偷藥小賊！

咕

浴巾被你嚇掉啦！

DROUP!

羞死了！

害得我春光外洩！

去！

啊！

THROW

哎喲！

哎喲！

SLAMP

咳！

TIE！

TIE！

好醜！

你把入家打包得像條德國香腸！

你去凌虛洞煉丹發生了什麼大事？

為什麼回來之後整個人完全變了樣？

甚至連殘疾的雙腳都能行走了？

提靈煉精途中出了意外…

沒有成功嗎？

在最重要的關鍵時刻，父親出現嚴重的狀況，山洞瞬間崩塌…

吸滿活寶靈體的琥珀落在我的額頭上，然後我就……

真的耶！整個都鑲進去了，你不會痛嗎？

只覺得很冷，妳幫我倒杯熱水。

可不是嘛！臉都冷得變色了。

來來來，喝一口熱騰騰的普洱茶……

手碰到杯子的瞬間，茶水立時凍成冰柱！

我的媽呀！你這種力量也未免冷得太厲害了！

沙克大少爺，拜託你別動氣，這裡已經像冰庫了。

其實你應該覺得很幸運才對，因為命運正在改變著你。

只要找到破解渾元逆轉的方法，你就是完美的活寶原力擁有者了。

到時候別說是稱霸武林笑傲江湖。

放眼整個天下都將無人可敵！

說得這麼樂觀！

妳有自信可以幫我解決問題？

當然囉！沙克大少爺！本人是武林萬事通哪！

那妳就快點去找出破解的方法！

好……好……

求求你放開手！

太凍了呀！

第 113 話

黑貓女神靈籤解困境

八斤擺出公貓陣點醒姥姥黑龍何在

喵！

喵！

咳！

嗯？

姥姥，藥來了，
小心燙手！

咳

咳

姥姥服下藥，氣色好多了！

對呀！

別再提貓奴的事了，免得她心煩。

喂！你們快來看！

貓兒好奇怪呀！

貓群都往那個方向跑去了！

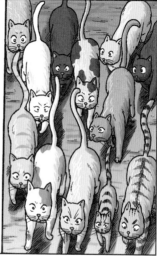

貓奴姐姐呢？

姐姐有回來嗎？

暈倒了！

SLAM

哎呀！牠變得好輕，瘦了一大圈。

一定是走了很遠的路，快抱去給姥姥看。

姥姥？八斤牠回來啦！

八斤！

吐出來什麼東西？

這是貓奴最心愛的髮飾！

從什麼地方叼來的？快帶我回去找她！

喵～

喵！

.....

姥姥忘了，八斤是個路痴！

對呀！牠就像姥姥一樣，常常迷路！

你們還不是都一樣！

路痴！

路痴！

路痴！

姥姥！

貓奴有難，我卻束手無策呀…

喵～

喵～

喵～

喵～

喵～

姥姥身體虛弱卻還在操心貓奴的安危。

貓奴雖然太臭屁、太惹人嫌、太不可愛，但再怎麼說，也是我們的姐妹。

是啊，她發生了不好的事，我也很難過。

沒錯，自家姐妹只有我們自家人可以欺負，誰欺負了她，就是跟我們過不去！

我們要想辦法幫助姥姥。

怎麼幫呢？完全沒有頭緒呀！

我們來學姥姥卜卦吧！

怎麼卜？我可從來沒試過。

而且姥姥嚴禁我們擅自卜卦。

現在是非常時期，不這麼做，你們有更好的辦法嗎？

小嬋，過來！

我？

什麼？我來！

我…我也沒試過。

妳和貓奴感情最好，姥姥每次卜卦也都讓妳在旁邊看。

心誠則靈！妳學姥姥的樣子求籤就行了嘛！

你們三個呢？

我們在旁邊給妳精神上的支持！

SA～

撒了滿地！究竟是哪一支籤哪！

怎麼辦！

姥姥每次都只出一支籤的！

不如我再重來一次吧！

DA

切莫把籤放回去！

啊！我們把姥姥吵醒了！

誰同意你們私自卜卦的？

小嬋只是想幫助姥姥！

對呀！

對呀！

咳！

這不是遊戲！

既然求了籤，就得認真看待！

哦！可是我卻撒了一地…

小嬋！把後面立著的那支籤拿過來！

「立著的籤」？

既然有誠心，就會靈驗的。

這支卦，就是黑貓女神給我們的指引。

姥姥在發抖！

是不是那支籤有問題？

難道是我求的籤很差嗎？

都怪我的手氣不好！

我對不起貓奴姐！

這支籤非常特別，叫做「黑色雷水解」！意思是「雷雨交加，即行西南，則春回大地。」

「雷雨交加」，這句話是指我們現在所處的逆境！

但往西南方向去就可以解決困難！

並且等下大雨的時候再出發！

暈

「黑色雷水解」這個黑色又代表著什麼意思呢？

難道這籤所指的是「一條黑色的龍」嗎？

這個世界上根本就沒有龍嘛！

甚至連恐龍也早就絕跡了。

開什麼玩笑？去哪裡找黑龍？

喵……

「雷雨交加」代表雖然天象險惡，但對於蛟龍而言，能得大水之助反能展現其威猛。

吵什麼呀？沒看到我們正在傷腦筋嗎？

就是嘛！一個頭兩個大了！

八斤！

難道你對這支「黑色雷水解」有話要說嗎？

喵！

喵！

喵！

喵、喵！

喵、喵噹噹…

對不起！聽不懂你的貓言貓語！

喵嗚～

SLAMP

喵～

喵～

肥貓想要幹什麼呀？

一回來就怪里怪氣的！

發貓癲！

八斤似乎想要表達些什麼！

喵～

KEZO MA UP E!!

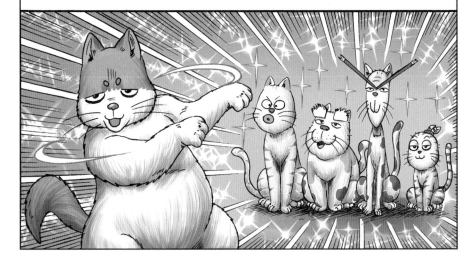

四隻奇形怪狀的公貓？

四隻公貓和黑龍有啥關係？

愈搞愈迷糊了！

明白了呀！西南方向的黑色蛟龍！我怎麼沒想到呢？

黑貓女神指引我們，能夠拯救貓奴的，就只有他們了！

姑娘們！立刻準備金馬車前往「烏龍院」！

第 114 話

剪不斷理更亂的情結

長眉火爆地掄起關刀砍徒弟飆悶氣

嗯！這棵樹型真好！

好看！

愈看愈滿意！

剪了半天還沒剪完？

捨不得就乾脆別剪了！

突然像僵屍一樣冒出來，你想嚇人哪！

哎呀！害我剪斷枝啦！

自然就是美。人工修剪的樹有什麼好看的？

真是有病…

你是一大早吃錯藥了嗎？我哪裡招惹你了！

嘖

…

初一到十五～
十五的月兒圓～
妹妹呀～

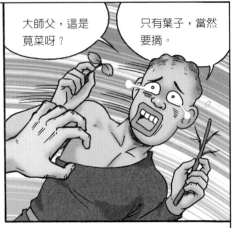

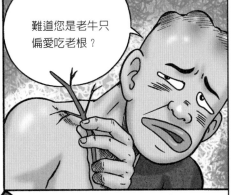

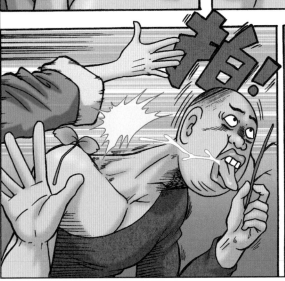

這種狀況會不會是老人痴呆症的前兆？

這可說不準……

事出必有因。

他現在是看到植物被傷害就心情不爽…

莫非是…

原來你在掛念活寶，卻把悶氣出在我們身上！

你自己說過回來之後就不再想活寶的事了！

你記得我說過？記性不錯嘛！

啊！

我只記得一點點…

喝啊！

咦？突然間熄火了！

真的是老年痴呆啦？

自從離開朝陽樓送艾飛返回斷雲山，我每天精神頹慶呀！

唉！做什麼事都提不起勁…

那怎麼辦呢？你總不能天天這樣熬日子嘛！

要不要帶你去看看心理醫生？

只有面對生死存亡之際，才能激起真正的鬥志！

你又在發癲啦？

鬥志！武俠之魂也！

慘了！

去打開兵器庫！

沒有生命的武器，

卻能奪走生命。

老頭子嘀嘀咕咕的在說啥呀？

聽不懂！好像在念經。

接住！

SHOOT

哇！突然射出來！

這是大師父最愛的「太和劍」，

交給弟子是啥意思！

…

明白了！是要身為接班人的我來舞劍助興吧！

沒問題。

開、開…
開什麼玩笑？
要我拿劍
砍…砍砍
師父？

SHOOT

WAA

是您精神頹廢！
又不是我……

SHOOT

EEEK

我每天吃得飽，睡得
好，日子過得真好！

學學我吧！

樂觀一點嘛！

MAYea

SHOOT

大師父！是您激
起了我的鬥志！

休怪劍下無情！

噢 嗚

差一點就出師未捷蛋先破。

收手吧！別太過分了……

真沒用！再攻過來呀！

您真的真的惹毛我了！大·師·父。

六親不認啦！

直搗中原

力劈華山

開天闢地

爽！正中目標！

哈

哈

哈

老頭子現在已經口吐白沫了吧！

呃…

他練過「金剛不敗」，你這招不管用的！

用這爛招術枉費是持劍之人，拿出真本事和我戰鬥吧！

百斤美刀出籠啦！

大師父饒命！

剛才是不小心摸到的！

斬

好恐怖呀！

拿起劍來戰鬥！不要像娘們似地只會唉唉叫！

弟子認輸！不玩可以了吧！

狼走遍天下吃肉，狗走遍天下吃屎。

你就這麼沒骨氣嗎？

弟子只是大師父跟前的一株小草

您就像神木一樣巍巍巨大！

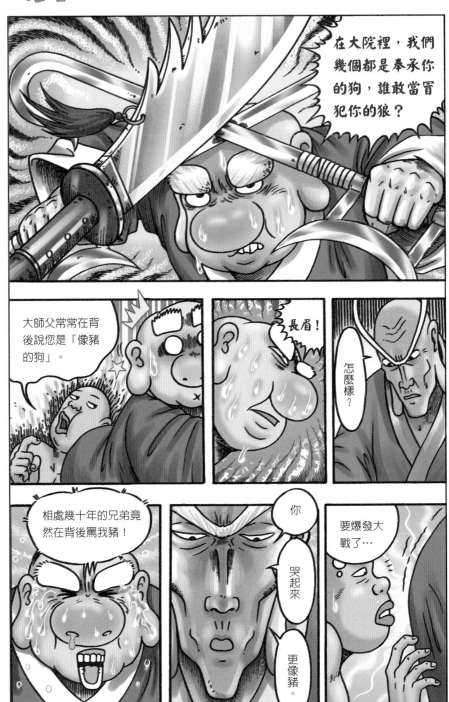

罵得好！罵
得妙！

充分反應了民意！

離手！

胖師父取得
領先地位！

好吧！

注意狀況！

有危險！

老頭子去
拔劍啦！

！

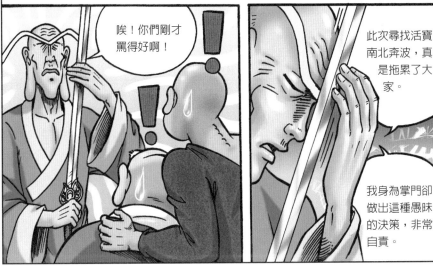

臭老頭用心良苦，錯怪他了。

雖然表達的方式有點變態，但是超感動的。

恐怖的覺悟者！

長眉！

奔淚

大師父！

所以讓你們痛痛快快地罵一頓，也算是某種形式的補償吧！

出大事啦！你們還在玩！

—閃—

第 115 話

都是八卦週刊惹的禍

長眉發愁辣婆婆登門問罪槓上貓姥姥

武林八卦週刊把活寶的
消息登在頭版上啦！

活寶再現
人間，揭
開夜空極
光之謎！

神祕男子向
本刊爆料！

我認出來了！
是姓張的書生。

他躲在斷雲山上也能找得到？週刊的狗仔隊也太神了吧？

經過這樣的報導搞得全世界都知道！問題就更複雜了！

誰呀？

有人在敲門。

…

KNOCK

KNOCK

KNOCK

是辣婆婆和小西瓜妹！

哼！

長眉！看到八卦週刊上面寫的了嗎？這是怎麼一回事？

嘖！麻煩這麼快就降臨了。

你不是拚命在找活寶嗎？怎麼先被八卦雜誌找到了？

哎呀！八卦新聞如果能相信，狗屎也能當飯吃。

辣婆婆就很相信，你是說她天天吃屎囉！

呃！這…

我們是在左右活寶會合之後才離開他們的

對呀！幹嘛怪我們！

在右活寶已經會合了？是在什麼地方會合的？

藥王府！

長眉！你是愈老愈糊塗了嗎？

藥王府正是煉丹師的老巢，把活寶留在該地，豈不是羊入虎口？

他們說要返回長白山，所以我就覺得沒有必要再追下去了。

若是左右活寶平安地回到長白山，就不會出現那種反常的極光。

因此我推測肯定是有人使用外力想要強取活寶。

很抱歉！本院已不想再干預此事了！

跳出三界外，不在五常中。

說什麼不關你的事？想要始亂終棄嗎？

哇！好火爆的辣婆婆！難怪她找不到老公！

我找不到老公關你們鳥事！

駕！

GOLO GOLO GOLO

那是當初載著貓奴來的豪華金馬車！

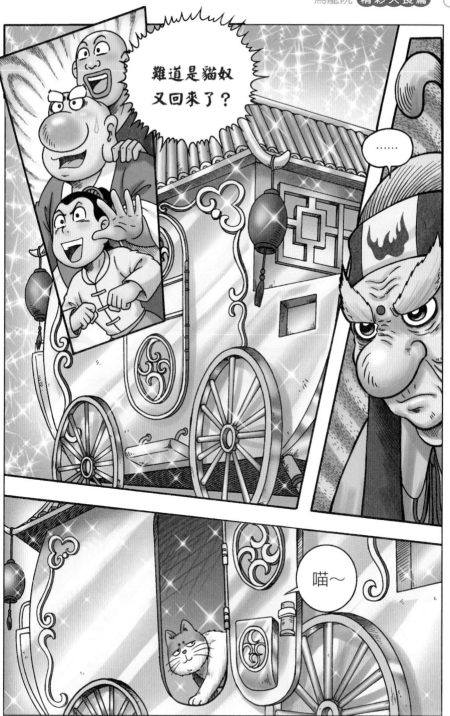

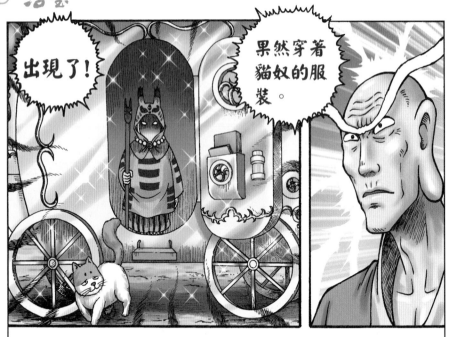

出現了！

果然穿著貓奴的服裝。

咳

貓奴變成老貓怪啦！

你就是烏龍院的長眉嗎？

呃…這位女士有事嗎？

她是你的老情人嗎？

以前沒見過…

咦？

會不會是帶女兒來認爹的！

別瞎猜！

我是貓奴的師父，貓姥姥。

打擾長眉大師了。

沒大沒小！在外人面前丟臉！

我今天是來打聽愛徒的下落，她在藥王府失蹤至今未歸。

我們姐妹五人化妝成小野貓合唱團混進老沙克的壽宴，但在演唱結束後她就負氣離開了！

唉…

啊！我認出來了！妳就是那個肥嘟嘟的鼓手！

肥嘟嘟…

我也認出你了！你就是台下那個色瞇瞇的豬老頭！

還有你！就是那個一直盯著我流口水的四眼怪哥哥！

長眉，別把氣氛搞得像討債會議一樣凝重……

行！你去主持吧！

得令！

咳

各位嘉賓！

胖師父能搞定嗎？

我看有點困難。

大家都是為了活寶的下落而著急，

由於最後的線索鎖定在藥王府，

所以應該針對目標去解決問題。

因此最科學、最理性、最務實的方法就是…

再闖藥王府！

那你說應該派誰去呢？

這個……

我只是負責開會，具體的落實方案，還得請示本院的掌門人啊！

啊！

這…

說呀！你認為派誰去最適合呢？

長眉，兩位女士在問要派誰去？

咦？不會吧！睡著了嗎？

醒醒呀！

喂！老頭子！你可別扔下爛攤子要我收拾！

罷了！

看來似乎是應驗了那句千古禪語。

本想紅塵渡眾生，誰知渡世事更多。

就由我再次前往藥王府一探究竟！

保證給大家一個明確的交待！

不行！這次我得跟著你一起去！

倘若找到了活寶，我建議當場用天斧劈了！以免再禍害人間！

要劈了活寶？

大師父快制止她！

活寶無罪，有罪的是人心無盡的貪念。

是人類就有貪念！難道你要殺光天下人去保護那兩棵人參？

照我的話去做！劈掉活寶，永絕後患！

這…

長眉要有主見！不能被她牽著鼻子走！

聽著！

我絕對不會讓你劈活寶！

要劈也得由我來劈。

去現場再說唄！

軟了。

他被辣婆婆說服了……

長眉！好樣的！

耶

耶

慢著！為何沒有邀我去？

喵

不是不讓妳去，而是怕妳去了會受不了。

因為失蹤的貓奴，萬一慘遭不幸，妳這老貓承受得了嗎？

喵　姥姥！

呃…

我代表姥姥出征，我比壯丁更壯！

因為妳太壯，萬一倒下我可扛不動！

就是啊！

帶著一隻恐龍實在是累贅。

姥姥！我被他們欺負啦！

唉！我也沒辦法了。

請求你們把這隻貓帶去吧！

只有牠曾經到過貓奴去的地方。

太好了！就讓這隻貓帶路吧！

對呀！

如果牠能帶路，我還需要來找你們嗎？

因為我們貓族都是路痴。

喵

AAAA……

事不宜遲！就由我們四人假扮成藥材商。

即刻動身前往藥王府！

第 116 話

千鶴圖暗藏三大祕庫

繼承著煉丹師龐大家業的新任少主

府裡是不是發生了什麼大事？

對呀！整天沒見到老爺子。

藥王府文庫總管·司馬字

今天是由大少爺召開這個會議的。

藥王府財庫總管·王慶永

奇怪咧！他想幹什麼？

藥王府藥庫總管·丁思照

他也只能搞些藥理罷了，其他的事也做不了主。

呵！沒什麼，只不過隨便聊聊而已。

嗯？大少爺氣色好差！是不是受風寒了？

怎麼突然冷了起來……

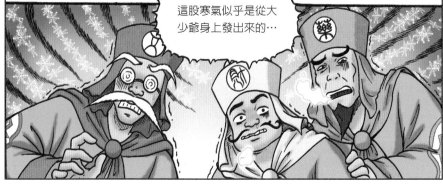

這股寒氣似乎是從大少爺身上發出來的…

三位大總管應該知道尋找活寶是沙克家族千年以來的使命吧！

當然知道啦！老爺無時無刻，都在追尋著活寶的下落。

是呀！

而且小少爺也為此事南北奔波。

就在父親壽宴那天晚上，他找到了活寶！

真的！太好啦！

為此，父親邀集六支派的掌門師叔前往太乙凌虛洞煉丹。

不幸的是……

啊！怎麼了？

在煉丹過程中陰陽乍變，乾坤逆轉…

發生意外了？

噢！天哪！

老爺他們怎麼樣了！

如果三位大總管
不相信的話……

我，就是證據！

大少爺！

你…你的
腿……

站……站起
來了！

陰陽乍變，
將凌虛洞瞬
間變成冰窟
……

天不絕我，
活寶的靈體
選擇了我。

老爺子讓我們保管鑰匙，難道少爺不相信我們？

不是我信不過你們，是怕你們信不過我。

這……

快點啦！要服從新任莊主的命令。

SLAMP

樂王府三大寶庫鑰匙！

莊主，這些都是你的了！請笑納！

嗯！

府裡的事一概照舊進行，明白嗎？

是，大少爺！

喂！你們是聾了嗎？沒聽見我剛才說的？要改口叫莊主！

……

是的，莊主！

去吧！ 去吧！

別杵在這兒，趕緊回去上班唄！

哼

還沒請問這位大姐是啥身分？

啥？叫我大姐？

噴！本小姐美艷動人，竟然叫我「大姐」！

我看起來有這麼老嗎？難道是粉補得不夠厚？

搞定！

水噹噹

嗯？

哎喲！我的帥哥哥真行哪！一下子就搞定了三大總管……

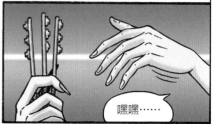

藥王府的寶庫在哪裡？我很好奇哪！

……

嘿嘿……

別碰！

好凍！

結冰啦！

你知道嗎？不論我有多麼努力，父親總是忽視我的成就。

在他的心底，我就是個殘廢！一個沒用的沙克家族長子！

這個季三伯雖然得到活寶的力量，但是他多愁善感的內心還是一樣脆弱……

哎喲！無所謂啦！此一時彼一時唄！

你現在已經當家做主，天下寶物莫不垂手可得了，不是嗎？

父親愛鶴如痴，
尤其愛看鶴舞…

如今，我也能像
鶴一樣展翅了。

嘻嘻！從這裡下去就是三大寶庫了吧！

妳跟著我來。

喔！神祕又刺激！

你們沙克家族真是會藏東西！

居然挖這麼大的一個地下室！

喲！地面亮起來了，好神奇啊！

3221

鬼呀！

呼！原來是一幅畫！

嚇我一跳。

待我瞧瞧……

二十二代宗師，沙克·成

十八代宗師，沙克·定。

九代宗師，沙克·邦。

這些都是你們沙克家族的祖師爺吧！

嗯。

哇噢！老天爺！

梟面藥師，是煉丹師的守護神。

做醫生的…應該像你這樣斯文嘛！

與病魔對抗，守護生命，就是作戰。

喔！還真有學問。

嘿！這裡是⋯

樂王府的財庫哪！肯定是金山銀山！

哇塞！

大少爺讓我進去開開眼界嘛！

咦？裝作沒聽到嗎？

莊主大人，您要去哪兒呀！

文庫！

卡

不會吧！折騰了半天。

你是帶我下來看書的呀？

小氣鬼。

哼！

哇塞！

哎喲！

我有「暈書症」哪！

我十二歲就出來混江湖，從小就不愛念書……

現在叫本姑娘杵在這書堆裡，好暈啊！

書庫裡的每一本書都是價值萬金的珍藏本。

這麼值錢！

難怪人家說「書中自有黃金屋」！

啵

啵

直腸癌末期病理追蹤…

直腸癌末期病理追蹤

我的媽呀!

真噁心!

咕

這本是《換肝技術開刀寫真集》!

換肝技術開刀寫真

這樣的書我打死都不看!

差點連昨天吃的飯都吐出來了!

!

哇!腦瘤摘除臨床「全紀錄」!

腦瘤摘除臨床全紀錄 5

腦瘤摘除臨床全紀錄 4

腦瘤摘除臨床全紀錄 1

腦瘤摘除臨床全紀錄 2

腦瘤摘除臨床全紀錄 3

MAMAMEYA!

饒了我吧！
大少爺！

請病假可
以吧！

找到了！

這本《古參煉
丹術》中記載了
「提靈煉精」的
所有過程和意外
狀況的應變。

是哪一個混球吃飽沒事幹，跑來這裡撕書？

是我父親。

噢……

他一定是預料到提靈煉精有發生意外的可能，才會這麼做！

下集預告

　　在最關鍵的時刻、在必須做出抉擇的時刻，理智若被感情牽制，絕對是最不理智的。

　　長眉與辣婆婆趕到凌虛洞，如果當場用天斧劈了活寶，或許這件事就能從根本上把問題解決了。但是惻隱之心，卻讓這些人拚了命也要把貓奴與沙克・陽救出來，再一次把拯救活寶的責任，擔上了自己的肩膀。

　　在山道上，急馳的人馬和沙克・季錯身而過，神祕人馬調頭前往攔截，他們會發現藏匿在駱駝車裡的沙克・陽和貓奴嗎？

　　冰封的凌虛洞裡，老沙克的嘴角開了一個小洞，身體裡的菌月蟲已經悄然破冰而出，竄到肥貓的尾巴裡，將制伏活寶的力量，再度留下了伏筆……

　　當沙克・季從他父親身上找出被撕下的「提靈煉精」殘頁，他才驚覺附身在自己肉體上的，除了是一種可怕的原力之外，也是一種災難，甚至是一種毀滅！

　　沙克・季心思複雜地想著：「既然已經走入了這扇門，我就得往更深處走，找到盡頭！」

　　盡頭，又是什麼呢？

　　然而，會有盡頭嗎？

烏龍院前傳 大試讀！

「烏龍院」傳奇故事的起源，就從這裡開始！

最多人推薦的烏龍院系列作品之一
敖幼祥迎接出道30週年，
絕版大長篇重新上色再發行！

前情提要：

　　一名剛出生的小男嬰，為何會遭到神祕恐怖組織的追殺？而這名在女子跳崖時，因不小心被掛在樹枝上而保住一命的嬰孩，身上又為何會有大師父和胖師父的老友天首王之後代才能擁有的「火麒麟雪玉環」？

　　小師弟的身世之謎令人費解，可愛男嬰一出場就引出更多的陰謀與謎團！冒著被逐出少林寺的風險而收養男嬰的烏龍院，將遭逢怎樣的考驗和事件？而還只是一個小毛頭的大師兄，又為何要把剛進烏龍院的小師弟，給丟進大水缸呢？

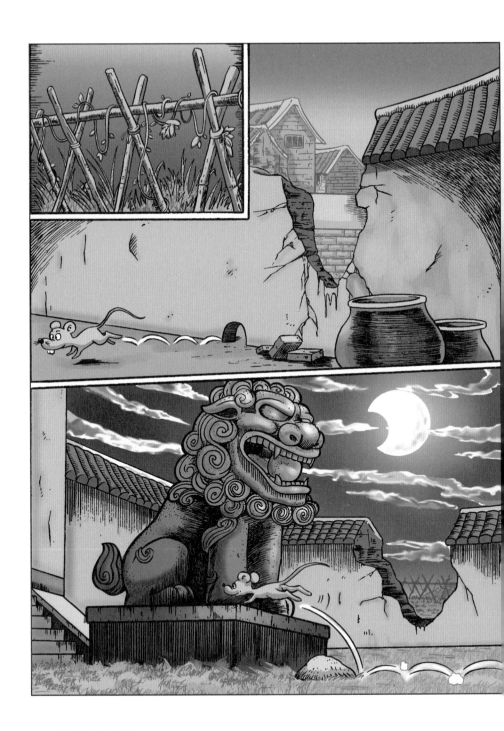

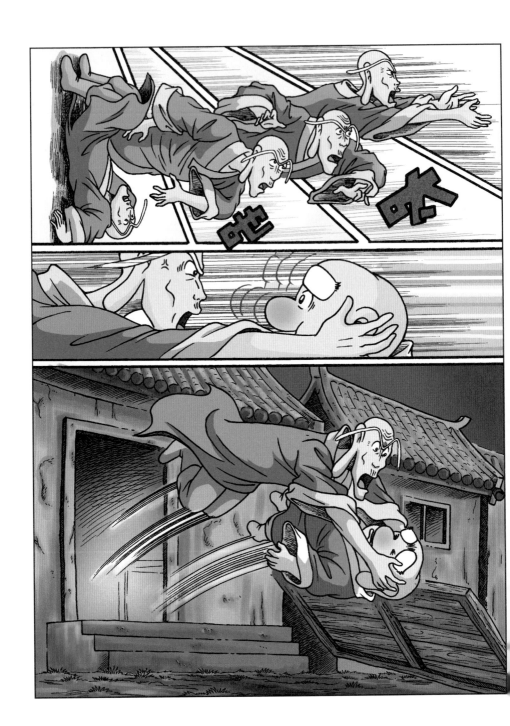

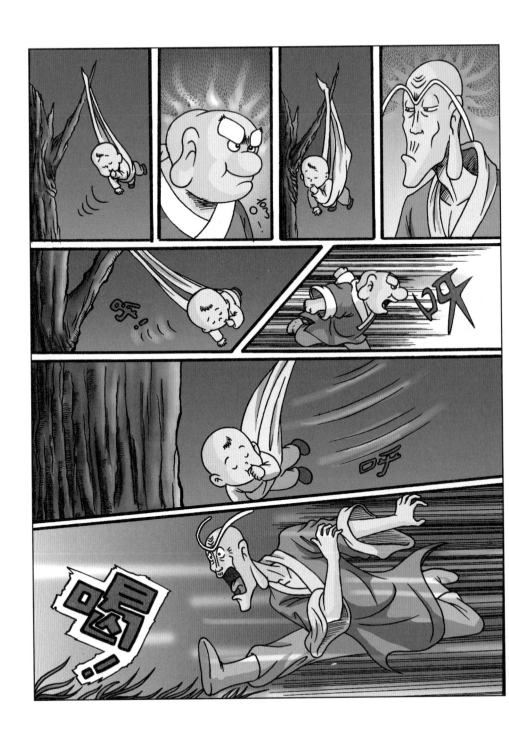

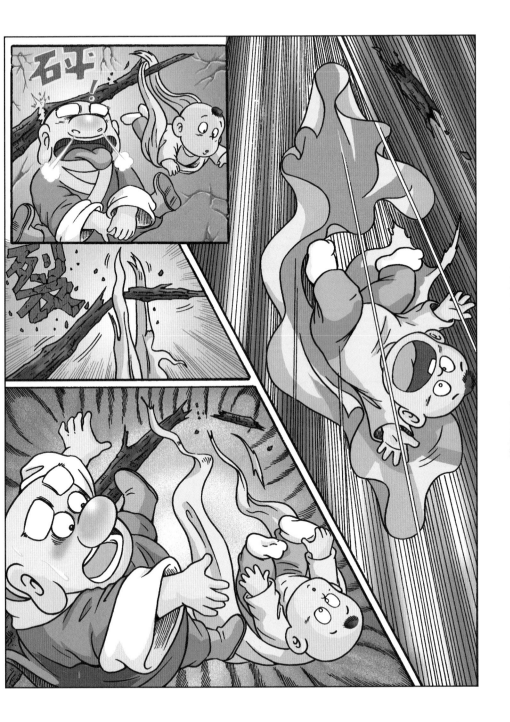

時報漫畫叢書 FT836

活寶 15

作　　者——敖幼祥
主　　編——林怡君
責任編輯——李振豪
美術設計——溫國群 lucius.lucius@msa.hinet.net
執行企劃——鄭偉銘
董 事 長——趙政岷
總 經 理——趙政岷
總 編 輯——李采洪
出 版 者——時報文化出版企業股份有限公司
　　　　　台北市10803和平西路三段二四〇號三F
　　　　　客服專線——(〇二)二三〇四——七一〇三
　　　　　(如果您對本書品質有任何不滿意的地方，請打這支電話)
　　　　　郵撥——一九三四四七二四 時報文化出版公司
　　　　　信箱——台北郵政七九～九九信箱
時報悅讀網——www.readingtimes.com.tw
時報愛讀者粉絲團——http://www.facebook.com/readingtimes.2
電子郵件信箱——newlife@readingtimes.com.tw
法律顧問——理律法律事務所陳長文律師、李念祖律師
印　　刷——華展印刷有限公司
初版一刷——二〇一〇年三月一日
初版三刷——二〇一七年三月十七日
定　　價——新台幣二八〇元
(本書如有缺頁、破損、倒裝，請寄回更換)

時報文化出版公司成立於一九七五年，
並於一九九九年股票上櫃公開發行，於二〇〇八年脫離中時集團非屬旺中，
以「尊重智慧與創意的文化事業」為信念。

ISBN 978-957-13-5176-6
Printed in Taiwan